반쪽이는 뭐든 반쪽밖에 없답니다.
그런 반쪽이가 부잣집 딸과 혼인하게 되었어요.
어떻게 부잣집 사위가 된 걸까요?

추천 감수_ 서대석

서울대학교와 동 대학원에서 구비문학을 전공하고 문학박사 학위를 받았습니다. 한국구비문학회 회장과 한국고전문학회 회장을 지냈으며, 1984년부터 지금까지 서울대학교 인문대학 국어국문학과 교수로 재직 중입니다. 〈한국구비문학대계〉1-2, 2-2, 2-6, 2-7, 4-3 등 5권을 펴냈으며, 쓴 책으로 〈구비문학 개설〉, 〈전통 구비문학과 근대 공연예술〉, 〈한국의 신화〉, 〈군담소설의 구조와 배경〉 등이 있습니다.

추천 감수_ 임치균

서울대학교 대학원에서 고전소설 연구로 문학박사 학위를 받고 현재 한국학중앙연구원 한국학대학원 어문예술계열 교수로 재직 중입니다. 한국학중앙연구원에서 문헌과 해석 운영위원으로 활동하고 있으며, 고전소설의 대중화 방안을 연구하여 일반인들에게 널리 알리는 일에 앞장서고 있습니다. 쓴 책으로 〈조선조 대장편소설 연구〉, 〈한국 고전소설의 세계〉(공저), 〈검은 바람〉 등이 있습니다.

추천 감수_ 김기형

고려대학교와 동 대학원에서 구비문학을 전공하고 문학박사 학위를 받았습니다. 현재 고려대학교 문과대학 국어국문학과 부교수로 판소리를 비롯한 우리 문학을 계승 발전시키기 위해 노력하고 있습니다. 쓴 책으로 〈적벽가 연구〉, 〈수궁가 연구〉, 〈강도근 5가 전집〉, 〈한국의 판소리 문화〉, 〈한국 구비문학의 이해〉(공저) 등이 있습니다.

추천 감수_ 김병규

대구교육대학을 졸업하고 한국일보 신춘문예에 동화가, 중앙일보 신춘문예에 희곡이 당선되면서 작품 활동을 시작했습니다. 대한민국문학상, 소천아동문학상, 해강아동문학상 등을 수상했으며, 현재 소년한국일보 편집국장으로 재직 중입니다. 쓴 책으로 〈나무는 왜 겨울에 옷을 벗는가〉, 〈푸렁별에서 온 손님〉, 〈그림 속의 파란 단추〉 등이 있습니다.

추천 감수_ 배익천

경북 영양에서 태어났습니다. 1974년 한국일보 신춘문예에 동화가 당선되었고, 〈마음을 찍는 발자국〉, 〈눈사람의 휘파람〉, 〈냉이꽃〉, 〈은빛 날개의 가슴〉 등의 동화집을 펴냈습니다. 한국아동문학상, 대한민국문학상, 세종아동문학상 등을 받았으며, 현재 부산 MBC에서 발행하는 〈어린이문예〉 편집주간으로 일하고 있습니다.

글 _ 원유순

강원도 원주에서 태어나 인천교육대학과 인하대학교 교육대학원을 졸업했습니다. 1990년에 아동문학평론 신인상을 받으면서 동화를 쓰기 시작했으며, 1993년 계몽아동문학상과 MBC창작동화대상을 받았습니다. 지금은 부천에서 초등학교 아이들을 가르치며 글을 쓰고 있습니다. 쓴 책으로 〈까막눈 삼디기〉, 〈열 평 아이들〉, 〈날아라, 풀씨야〉, 〈똘배네 도라지 꽃밭〉 등이 있습니다.

그림 _ 김세현

경희대학교 미술과에서 동양화를 공부하고, 수묵화 중심의 그림 작업을 통해 따뜻하게 감성을 자극하는 프리랜스 일러스트레이터로 활동하고 있습니다. 그린 책으로 〈만년 샤쓰〉, 〈모랫말 아이들〉, 〈아름다운 수탉〉, 〈부숭이는 힘이 세다〉, 〈저 하늘에도 슬픔이〉 등이 있습니다.

소년한국
우수어린이
도서수상

〈말랑말랑 우리전래동화〉는 소년한국일보사가 국내 최고의 도서 제품을 선정하여 주는 우수어린이 도서를 여러 출판사의 많은 후보작과의 치열한 경쟁을 뚫고 수상하였습니다.

말랑말랑 우리전래동화

07 지혜와 재치 반쪽이

발 행 인	박희철
발 행 처	한국헤밍웨이
출판등록	제406-2013-000056호
주　　소	경기도 성남시 분당구 금곡동 444-148
대표전화	031-715-7722
팩　　스	031-786-1100
편　　집	이영혜, 이승희, 최부옥, 김지균, 송정호
디 자 인	조수진, 우지영, 성지현, 선우소연
사진제공	이미지클릭, 연합포토, 중앙포토

△ 주의 : 본 교재를 던지거나 떨어뜨리면 다칠 우려가 있으니 주의하십시오.
　　　　고온 다습한 장소나 직사광선이 닿는 장소에는 보관을 피해 주십시오.

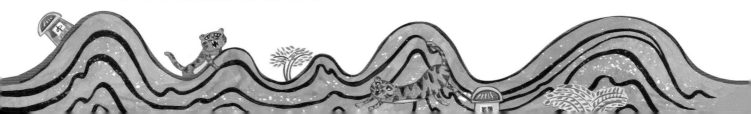

반쪽이

글 원유순 그림 김세현

ﾒﾒ 한국헤밍웨이

옛날 옛날 어느 작은 마을에
늙도록 자식을 보지 못한 부부가 살고 있었어.
부부는 자식을 낳게 해 달라고
백 일 동안 산신령께 빌고 또 빌었지.

비나이다, 비나이다.
금쪽같은 아들 하나만 갖게 해 주소서.
옥 같은 아들 하나만 갖게 해 주소서.
달덩이 같은 아들 하나만 갖게 해 주소서.

마침내 백 일째 되던 날 밤,
부부는 꿈속에서 수염이 허연 산신령을 만났어.
산신령은 저렁저렁한 목소리로 말했지.
"우물에 가면 잉어 세 마리가 있을 것이다.
그것을 푹 삶아 먹으면 자식을 얻을 것이니라."

부부는 잠에서 깨자마자 우물로 달려갔어.
정말 우물 속에는 잉어 세 마리가 헤엄치고 있었지.
할아버지는 *두레박으로 잉어를 건져 올렸어.
할머니는 얼른 가마솥에 물을 팔팔 끓였지.
아이코, 그런데 이 일을 어쩌면 좋아!

*두레박 : 줄을 길게 달아 우물물을 퍼 올리는 데 쓰는 도구예요.

어디선가 고양이가 불쑥 나타나더니
잉어 한 마리를 날름 물고 달아나지 뭐야.
"에잇, 이놈의 도둑고양이!"
할아버지는 작대기를 들고 고양이를 쫓아갔지.
고양이는 잉어를 절반이나 먹고 도망쳐 버렸어.

할 수 없이 부부는 멀쩡한 잉어 두 마리와
고양이가 먹다 남긴 반쪽짜리 잉어를 삶아 먹었어.
열 달 뒤, 할머니는 아들 세쌍둥이를 낳았어.
그런데 이게 웬일이야?
첫째와 둘째는 멀쩡히 잘생겼는데
막내는 눈 하나, 귀 하나, 콧구멍 하나에
팔다리도 하나씩인 거야.
게다가 입도 반쪽밖에 없었지.
부부는 막내아들의 이름을 반쪽이라고 지었어.

세월이 물처럼 흘러,
세 아들은 어느덧 청년이 되었어.
반쪽이도 별 탈 없이 잘 자랐지.
사실 몸뚱이가 반쪽이다 뿐이지
사람 됨됨이로 치자면 흠잡을 데 없는 *온 쪽이었어.

*온 : '전부의' 또는 '모두의' 라는 뜻이에요.

어느 날, 마을 여기저기에
과거 시험을 본다는 *방이 붙었어.
첫째와 둘째는 한양으로 떠날 채비를 했지.
그랬더니 반쪽이도 따라가겠다고 봇짐을 싸는 거야.
"네까짓 놈이 무슨 과거 시험이냐?"
형들은 반쪽이를 큰 나무에 묶어 놓고 길을 떠났지.

*방 : 어떤 일을 널리 알리기 위하여 써 붙이는 글이에요.

나무에 묶인 반쪽이가 "끙!" 하고 힘을 주었어.
그러자 나무가 뿌리째 뽑혀 버리지 뭐야.
'우리 부모님 편히 쉴 그늘로 쓰면 좋겠군.'
반쪽이는 나무를 끌고 집으로 돌아와
앞마당에 보란 듯이 심어 놓았어.
그러고는 부랴부랴 형들을 뒤쫓아 갔지.

"형님들, 형님들! 같이 갑시다."
첫째와 둘째가 뒤돌아보니
반쪽이가 외다리로 풀쩍풀쩍 뛰어오고 있었어.
'어…… 어떻게 저놈이 우리를 쫓아왔지?'
형들은 반쪽이를 커다란 바위에다 묶어 놓고
재빨리 길을 떠났어.

바위에 묶인 반쪽이가 "끙!" 하고 힘을 주었어.
그러자 바위가 번쩍 들리지 뭐야.
'우리 부모님 편히 누울 *평상으로 쓰면 좋겠군.'
반쪽이는 바위를 들고 집으로 돌아와
아까 심어 놓은 나무 옆에 내려놓았어.
그러고는 부리나케 형들을 뒤쫓아 갔지.

*평상 : 앉거나 드러누워 쉴 수 있도록 만든 일종의 가구예요.

"형님들, 형님들! 같이 갑시다."
첫째와 둘째가 휙 고개를 돌려 보니
반쪽이가 외다리로 펄쩍펄쩍 뛰어오고 있었어.
'어…… 어떻게 또 저놈이 우리를 쫓아왔지?'
형들은 반쪽이를 칡넝쿨로 꽁꽁 묶어서
호랑이가 우글대는 숲 속에 던져 놓고 길을 떠났어.

반쪽이가 "으라차차!" 하고 힘을 쓰자
칡넝쿨이 뚝뚝 끊어져 버렸어.
반쪽이를 잡아먹으려고 몰려든 호랑이들이
그 모습을 보고 슬금슬금 꼬리를 내렸지.
반쪽이는 맨손으로 호랑이들을 때려잡은 뒤
가죽을 벗겨 들고 집으로 향했어.

날이 저물어 반쪽이는 어느 부잣집에 묵게 되었어.
반쪽이가 막 잠자리에 누우려고 하는데
호랑이 가죽이 탐난 부자 영감이 말하는 거야.
"자네, 나하고 내기 하나 하세."
"내기라니요?"
"자네가 내일 우리 집 대문을 나섰다가
다시 돌아와서 내 딸을 데려갈 수 있다면
자네를 내 사위로 삼고, 혹 그러지 못한다면
그 호랑이 가죽을 내놓는 게 어떤가?"
반쪽이는 잠시 생각하다가 좋다고 말했지.

날이 밝자 반쪽이는 부잣집에서 나왔어.
부자 영감은 힘센 *장정들을 불러 모아
집 안팎을 밤낮으로 지키게 했지.
그런데 사흘이 지나도록 반쪽이는 나타나지 않았어.
"아이고, 사흘 밤을 꼬박 새웠더니 너무 졸리네."
장정들은 반쪽이를 기다리다 지쳐 버렸어.
닷새가 지나고 엿새가 되어도 반쪽이는 오지 않았지.
'이놈이 무서워서 못 오나 보군.'
부자 영감은 코웃음을 쳤어.

*장정 : 나이가 젊고 기운이 좋은 남자를 말해요.

23

*이레째 되는 날 밤, 반쪽이가 나타났어.
부자 영감의 식구들은 모두 깊은 잠에 빠져 있었지.
반쪽이는 문 앞에서 자고 있는
장정들의 상투를 잡아 한데 묶어 놓았어.
그러고는 집 안으로 살금살금 들어가
며느리의 손에는 장구를 쥐여 주고,
아들의 소매 속에는 자갈을 넣어 두고,
부자 영감의 수염에는 *유황을 발라 두고,
마님의 허리에는 다듬잇돌을 매어 놓았지.
그리고 딸의 방에는 벼룩을 잔뜩 풀어 놓았어.

*이레 : 일곱 날을 말해요.
*유황 : 화약이나 성냥 따위를 만드는 데 쓰는 물질이에요.

딸은 몸에서 벌레가 스멀스멀 기어가자
화들짝 놀라 밖으로 후닥닥 뛰쳐나왔어.
그 틈을 놓칠세라 반쪽이는 딸을 답삭 안고
훌쩍 담을 뛰어넘었지.
그러고는 사람들이 잠에서 깨도록 크게 소리쳤어.
"반쪽이가 신부를 데리고 간다!"

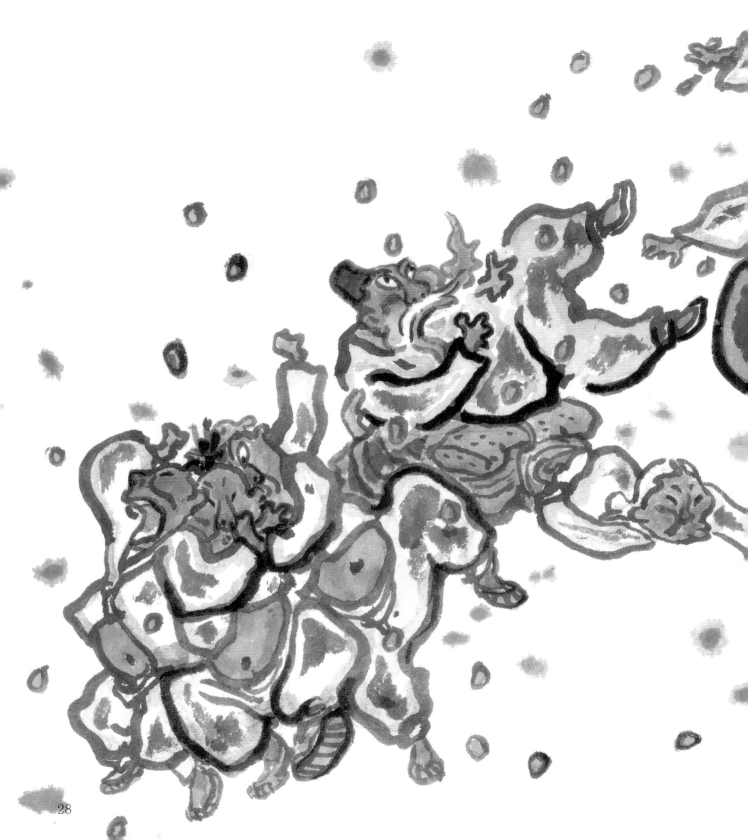

그 소리에 잠을 깬 장정들은
반쪽이에게 상투가 잡힌 줄만 알았어.
"이놈, 내 상투 놓아라!"
깜짝 놀란 부자 영감은 불을 켜려고 부싯돌을 쳤지.
그런데 수염에 불이 확 붙는 거야.
"앗, 뜨거!"
마님은 반쪽이가 자기 허리를 잡고 있는 줄 알았어.
"이놈, 내 허리 놓지 못할까?"
둥당둥당, 며느리가 내는 장구 소리에
와장창, 아들이 팔을 내두르다 물건 깨는 소리에
부자 영감의 집은 그야말로 아수라장이 되었어.

그사이 반쪽이는 자기 집으로 돌아왔어.
반쪽이는 딸에게 의젓한 목소리로 말했지.
"내 비록 눈도, 귀도, 코도, 팔다리도 반쪽밖에 없는
사람이긴 하나 마음만은 온전하다오.
이런 나를 믿고 따라 줄 수 있겠소?"

딸이 고개를 끄덕끄덕하자
반쪽이는 마당으로 나가 힘차게 재주를 넘었어.
그러자 날 때부터 없었던 몸의 반쪽이 생겨났지.
반쪽이는 온데간데없고 인물이 훤한 사내가
떡하니 서 있는 거야.

이튿날, 날이 밝자 부자 영감네 식구들이
반쪽이네 집으로 우르르 몰려왔어.
"너 이놈, 당장 내 딸을 내놓아라."
부자 영감이 고래고래 소리를 지르자
방 안에서 반쪽이와 딸이 나란히 걸어 나왔어.
아, 그 모습이 얼마나 아름답던지 모두 입이 딱 벌어졌지.
"반쪽이 사위가 온 쪽이 사위가 되었구나."
부자 영감은 신이 나서 덩실덩실 춤을 추었어.

반쪽이 작품해설

〈반쪽이〉는 시련을 꿋꿋하게 이겨 내고 자신의 부족함을 채워 가는 반쪽이의 모습을 통해 우리 내면의 가치를 깨닫게 하는 이야기예요.

옛날 어느 마을에 자식을 얻는 게 소원인 부부가 살았어요. 부부는 산신령께 빌고 또 빌어 아들 세쌍둥이를 얻었지요. 하지만 막내아들은 몸뚱이가 반쪽밖에 없었어요. 그래서 부부는 막내아들의 이름을 반쪽이라고 지었지요.

세월이 흐른 어느 날, 형들은 과거 시험을 보러 한양으로 떠나요. 반쪽이도 형들을 따라나서지요.

하지만 형들은 반쪽이가 따라오지 못하게 합니다. 반쪽이를 나무에 묶어 놓기도 하고, 바위에 묶어 놓기도 하지요. 그때마다 반쪽이는 꿋꿋하게 이겨 내요.

형들은 결국 반쪽이를 호랑이가 우글대는 숲 속에 던져 버려요. 반쪽이는 호랑이까지 때려잡고 가죽을 얻지요.

호랑이 가죽을 들고 집으로 가던 반쪽이는 어느 부잣집에서 하룻밤을 묵게 됩니다. 그런데 호랑이 가죽을 탐낸 부잣집 영감이 반쪽이에게 내기를 하자고 하지요. 영감은 자기 집에서 딸을 몰래 데리고 간다면 반쪽이를 사위로 삼고, 실패한다면 호랑이 가죽을 받기로 합니다. 반쪽이는 재치와 지혜를 발휘해 영감의 집에서 딸을 데리고 나오지요.

영감의 딸이 반쪽이를 마음에 들어 하자 반쪽이는 힘차게 재주를 넘어요. 그러자 반쪽이는 온전한 사내로 변하지요.

〈반쪽이〉 이야기는 겉모습의 완전함보다는 정신적인 완전함이 더 중요하다는 것을 일깨워 줍니다. 어려움을 꿋꿋하게 이겨 내는 반쪽이의 모습을 통해 우리가 중요하게 여기고 가꾸어야 할 부분은 겉모습이 아니라 내면임을 깨닫게 합니다.

꼭 알아야 할 작품 속 우리 문화

가마솥

요즘에는 압력솥이나 전기밥솥에다 밥을 해 먹지요? 그렇다면 옛날에는 어디에다 밥을 해 먹었을까요? 바로 '가마솥'이에요.

예전의 부엌에는 부뚜막이 있었고, 그 부뚜막 위에 가마솥을 올려놓고 아궁이에 불을 때어 밥을 지었어요. 가마솥에 밥을 지으면 밥이 끈기가 많아 무척 맛있어요. 또한 가마솥 밑바닥에는 고소한 누룽지가 생긴답니다.

다듬잇돌

우리 조상들은 옷감의 구김살을 펴고 매끄럽게 하기 위해 옷감에 풀을 먹이고 방망이로 두드렸어요. 이것을 '다듬이질'이라고 하고, 다듬이질할 옷감을 올려놓는 돌을 '다듬잇돌'이라고 하지요.

다듬잇돌은 주로 화강암과 같은 단단한 돌로 만들어요. 다듬잇돌 위에 천을 놓고 다듬이질을 하면 옷감이 평평해져 다림질한 것 이상으로 매끈하고 구김도 잘 지지 않지요. 오늘날 다림질을 할 때 다리미판을 이용하는 것처럼 말이에요.

다리미가 없었던 예전에는 집집마다 다듬이 소리가 끊이지 않았대요. 그래서 다듬이 소리는 사라져 가는 아름다운 우리의 소리 중 하나로 손꼽힌답니다.

조상의 지혜를 배우는 속담 여행

〈반쪽이〉에서 반쪽이는 온전하지 못한 외모 때문에 형들에게 구박을 당했어요. 형들은 반쪽이의 겉모습만을 보았을 뿐 진정한 내면을 보지 못한 거예요. 여기에서 배울 수 있는 속담을 알아보아요.

가마솥이 검기로 밥도 검을까

가마솥이 검다고 하여 솥 안의 밥까지 검겠느냐는 뜻으로, 겉이 좋지 않다고 속도 좋지 않을 것이라고 경솔하게 판단하는 것을 경계하여 이르는 말이에요.

전래 동화로 미리 배우는 교고나서

🪣 반쪽이는 어떻게 부자 영감의 사위가 될 수 있었나요?

🐦 형들은 반쪽이를 무시하고 싶어했어요. 만약 여러분 주위에 반쪽이와 같은 사람이 있다면 어떻게 대해야 할까요?

🦋 아래 그림들에 이야기의 순서대로 번호를 쓰고, 이야기를 연결해 보세요.

💜 1~2학년군 국어 ②-나 9. 상상의 날개를 펴고 244~245쪽